POESÍA

MAURICIO BACARISSE

EL ESFUERZO

A Enrique Díez-Canedo,
con gratitud y admiración

LAS CANCIONES CANDOROSAS
MUSMÉ

Eres bella y elegante

y tu alma extravagante

en amar no se marchita;

gozas la dicha completa.

Dios no te hizo tan coqueta

al hacerte tan bonita.

Brotan lujuriosas luces

de tus ojos andaluces

y de tu pelo africano,

y eres como una musmé

cuyo diminuto pie

caber podría en mi mano.

Tienes los labios de fresa

y las manos de abadesa;

son tus mejillas de grana,

y hasta en tu voz argentina

eres la mujer divina

con alma de cortesana.

Tu maldad no se adivina,

tu roja boca fascina

para asesinar después,

y es una flor de granado

que al besar, ha envenenado

al que lloraba a tus pies.

Yo te amé por tu elegancia

y por la rara fragancia

de las rosas de tu ser;

por tu traje azul turquesa,

por tu sangre de duquesa

y tu crueldad de mujer.

Eres una triste rosa

cuya esencia ponzoñosa

marchitó mi corazón,

y hoy me queda la tristeza

de contemplar tu belleza

y recordar tu traición.

Quizás comprendas mañana,

princesa esquiva y liviana,

la agonía de emoción

de aquel ingenuo amor mío

que murió yerto de frío

debajo de tu balcón.

¡Qué grato sería amarte

y entre los labios besarte

si tu espíritu tirano

fuese bondad, luz y calma;

si tú tuvieses el alma

tan blanca como la mano!

Prodiga el amor mortal

que me hirió como un puñal

con tu gracia de musmé,

y al amante hazle traición,

pues tienes el corazón

tan pequeño como el pie.

FRAGILIDAD

Mi alma tierna y melancólica

se ha enamorado de ti,

Magdalena hecha en mayólica

por Bernardo Palissy.

Serás mi único tesoro

hasta que venga la Intrusa;

eres lo que más adoro

con mi madre y con mi musa.

Como un ópalo en mi dedo

turba mi felicidad

ese inexpresable miedo

a tu gran fragilidad.

Eres un alma perdida

del Infortunio en las fauces;

eres Ofelia subida

a las ramas de los sauces.

Eres de nieve y cristal,

y si te estrecho en mis brazos

la copa del Ideal

ha de quebrarse en pedazos.

Eres un astro de oros

en mi existencia confusa;

eres lo que más adoro

con mi madre y con mi musa.

Por si algún día estoy falto

de tu amor y tu bondad,

vivo en triste sobresalto

por tu gran fragilidad.

LA INFANTA VELAZQUEÑA

Era la Primavera cadenciosa.

La noche prodigaba sus zafiros;

arrullaba la fuente rumorosa

y el viento se llevaba entre suspiros

una lluvia de pétalos de rosa.

Cruzaste los jardines de mi ensueño

como una grácil y amorosa infanta;

me destoqué del negro castoreño,

pero al ir a besar tu egregia planta

tus ojos se apiadaron de mi empeño.

Llevaba el corazón atravesado

por todas las infamias de la vida

bajo el amplio manteo ensangrentado,

y al verte tan propicia y tan rendida

me eché a tus pies romántico y cansado.

Comprendí que no habías de saciarme

de la sed de ideal que en mí brotó;

pero tu amor quería recordarme

que don Diego Velázquez te pintó

y que el lienzo dejabas para amarme.

Yo, fuerte en el baluarte de mí mismo,

-golondrina anidada en su metopa-,

desconocí rencor y escepticismo,

pues desbordaba el vino de mi copa

en una espuma de romanticismo.

Contemplé al hombre desde mi alta cumbre;

vi su tragedia triste y aburrida,

y ardiendo el alma en la sagrada lumbre

la fe envolvía de la eterna vida

entre las flores de la certidumbre.

Era la Primavera cadenciosa

que perfumaba nuestra vida estulta.

La Noche suspiraba melodiosa

y Citerea nos llamaba oculta

tras unos setos de laureles rosa.

Mi verso tuvo luz en la esperanza

que vale más que imperios y fortuna,

y mirando la Dicha en lontananza

con tus besos al claro de la luna

vio los paisajes de la bienandanza.

En tus manos de infanta velazqueña

posé de mi cabeza los ardores

y fuiste mi alegría al ser mi dueña.

¡Qué importaba que hubiese sinsabores

si contigo la vida era risueña!

Y era en aquella noche dulce y bella

un concierto de ósculos y orquestas,

un rumor de suspiro y de querella

que deshojó el rosal de las florestas

bajo el mirar de una amorosa estrella.

Hizo estragos de amor galante riña

en la noche de seda de tus rizos,

y con mirada y con candor de niña

despertaste los mágicos hechizos

dormidos al calor de tu basquiña.

Te quise como quise al mundo entero;

como quise a los viejos y a los niños;

como quise a los lirios del sendero,

con fe de ascetas y pudor de armiños,

con un amor viril, fuerte y sincero.

Murió la Primavera cadenciosa

en una estival noche lujuriante

y agonizaba de dolor la rosa

al ver que abandonabas a tu amante

y te alejabas bella y donairosa.

Apuñalaste el corazón sincero

de quien fuiste la estrella y la fortuna,

y sin pesar ni llanto lastimero,

del Olvido me echaste en la laguna

sin grito y sin sollozo verdadero.

¿Y eres tú, infanta de la infame mueca,

la que ofrendaba besos voluptuosos

e hilaba hechizos en amable rueca?

¿Dónde están ya los días venturosos,

mujer vacía como estatua hueca?

Se han muerto ya, princesa de princesas

de todos los pictóricos estilos,

las flores del jardín de las promesas

crecidas bajo el palio de los tilos

y el otoño ha aventado sus pavesas.

Fue tu amor una sarta de falacias

de tu alma hecha de afeite y badulaque.

Escondiste taimada con audacias

tras la pompa del amplio miriñaque

las liviandades de las lises lacias.

Te alejaste una noche, donairosa,

con ritmo y con sonrisa singulares;

en tu seno se abría una gran rosa,

y en tu falda los locos farfalares

bailaban una danza tumultuosa.

La infamia era la rosa de tu pecho

que exhalaba un aroma de mentira;

la deshojé con rabia y con despecho,

y así engarcé en las cuerdas de mi lira

una flor mustia y un amor maltrecho.

Y Citerea besos triunfales

daba a la Noche que su manto abría

como la flor del loto en los canales,

y la luna en blancor de eucaristía

nevaba apoteosis de rosales.

PSIQUIS

¡Dentro de unas noches te quedarás muerta!

Como las umbelas de los heliotropos

se ajarán tus senos de hermosura yerta,

y no tendré rimas, ni ritmos, ni tropos

para retratarte dormida en los copos

de tu albo reposo. Huirá tu alma incierta

libre por las crueles tijeras de Átropos.

Aullarán los canes rondando la puerta...

(La ojera morada cual flor de cantueso

y el nematelminto que nos monda el hueso

después de los besos de la última cita...)

Y luego un sollozo que oprime mi glotis

y una mariposa color de myosotis

ahogada en la concha del agua bendita.

LA MISERIA
EL PRÍNCIPE SAINETE

Es soberano de la alegría,

de amores viejos, de galanía;

tiene de diablos un zaguanete

y cuando pasa cual leve brisa

todos le obsequian con franca risa

porque es el Príncipe Don Sainete.

Es una sombra que nos recuerda

galante vida que no fue cuerda

y que evocamos las almas solas

en abanicos de pastorelas,

en los retratos de las abuelas

y en las figuras de las consolas.

En borbotones de risa fresca

viste su grácil Musa diablesca

con la mantilla, con los caireles

y con la falda de medio paso,

y ambos le ponen a su Pegaso

una collera de cascabeles.

Es el que rinde marquesas locas;

muerde las fresas de bellas bocas

de las devotas de las Salesas;

todas le quieren, todas le admiran

y sonrientes todas le miran

desde los tronos de sus calesas.

Es Don Sainete prócer burlesco

y aunque muy noble, muy picaresco.

Desprecia el tedio, reta a la Muerte;

en su manteo siempre embozado,

Goya sublime le ha retratado

entre las sombras de un aguafuerte.

Cosas vulgares, cosas grotescas,

muecas estultas y pierrotescas,

que son las flores de tu tablado...

Con tus escenas hemos reído;

lo que tú dices lo hemos vivido;

lo que tú lloras lo hemos llorado.

Tu egregio padre fue Don Ramón

de la Cruz, genio que en su canción

puso desgaires y desparpajos,

y en sus escenas, sin par galanas,

cantó los ojos de las villanas

y las hazañas de nuestros majos.

Tu carcajada bella y jocunda

todo lo invade, todo lo inunda;

la vida seria te importa un bledo.

Tú siempre hieres, siempre desgarras;

has heredado las antiparras

que hace tres siglos usó Quevedo.

Tu agudo ingenio la vida traza

de nuestra sangre, de nuestra raza,

de nuestra pobre gloria perdida;

es el talento que se interesa

en el desnudo de una duquesa

como en los frescos de la Florida.

Eres la España frívola y loca

que con piropos siempre en la boca

-pero sin ansias de Prometeoiba

a la zaga de las manolas

mientras volaban las Carmañolas

del otro lado del Pirineo.

Y con los jácaros, con los chisperos

tomaste todos los derroteros

en que dejamos nuestros tesoros;

mas conservando grata alegría,

siempre gozaba y en Dios creía

el feliz pueblo de pan y toros.

Y era aquel pueblo rudo y valiente;

eran leones de ardor latente

aunque fingían galán desmayo;

resucitaron glorias guerreras

y se batieron como unas fieras

en la jornada del Dos de Mayo...

Cosas vulgares, cosas grotescas,

muecas estultas y pierrotescas

que son la flores de tu tablado...

Con tus escenas hemos reído;

lo que tú dices lo hemos vivido;

lo que tú lloras lo hemos llorado.

Las existencias ya desfloradas

mueven a llanto o a risotadas;

a nuestra pobre gloria perdida

la mordaz burla siempre acomete.

Más que tragedia siempre es sainete

ese sainete de nuestra vida.

lo que tú dices lo hemos vivido;

PRINCESA

Tiene su pelo raros destellos

cuando de noche sueña en los bancos;

es la que tiene los ojos bellos;

es la que tiene los dientes blancos.

Es juglaresa de las aldeas;

sus danzas cínicas son turbadoras;

tiene el encanto de las napeas

cuando el sol bruñe sus crenchas moras.

Es la que canta las barcarolas

y de las rondas saca dinero;

es la que baila las farandolas

al son latino de su pandero.

Es la morena que jocoseria

mira la vida como una injuria;

es la princesa de la Miseria;

es la princesa de la Lujuria.

Tiene un perfume sublime y raro

su piel de raso tostada y blonda;

tiene los ojos de un verde claro,

de un verde claro color de fronda.

La más hambrienta de las hermosas

huele a un aroma de cien jardines;

en vez de hebillas, lleva dos rosas,

dos frescas rosas en los chapines.

Es mi gitana fiel y divina;

es mi pantera, mi defensora;

la que mis males siempre adivina,

es mi sultana y es mi señora.

Es la más bella de las mujeres;

es la que cura mis sinsabores;

es la princesa de mis placeres;

es la princesa de mis dolores.

Pero es la esclava de mis antojos...

Tiene por lechos quicios y bancos.

Es la que tiene bellos los ojos;

es la que tiene los dientes blancos.

BEBEDOR DE AJENJO

Si siempre estoy ensayando

mi sonrisa amarga y triste,

es porque estoy esperando

a una mujer que no existe.

Víctima del desencanto

sufro martirios letales;

por eso adoro yo tanto

mis dichas artificiales.

Paraísos artificiales

que huyen del ruido y del sol...

¡Mis rimas son inmortales,

pues son hijas del alcohol!

Soy mísero y decadente;

en mi alma el Hastío muerde.

Por eso adora mi mente

los sueños del licor verde.

Licor venenoso y triste

que como un suave beleño,

un grato perfume diste

al cadáver de mi ensueño.

Licor que tiene el matiz

de unos ojos que yo amé,

y del tinte del tapiz

en que danzó Salomé.

(Ojos glaucos y perversos

que asesinasteis mi vida,

y le disteis a mis versos

fragancia de flor podrida.)

Turbio ajenjo sibilino

que tienes el sabor fuerte;

que harás de mi desatino

vestíbulo de la Muerte.

Cómplice de la locura,

mis hojas muertas no arranques,

licor que todo lo cura,

licor de color de estanques...

Si siempre estoy ensayando

mi sonrisa amarga y triste,

es porque estoy esperando

a una mujer que no existe.

EL TREMEDAL

En la sala lijosa del burdel repugnante

hay un enorme gato que duerme en la tarima,

unos muebles muy sucios, un reló sollozante

y un cromo de la Virgen con una cruz encima.

Al amor del brasero, un conjunto gregario

de grofas se calienta las manos ateridas,

esas manos que ofrecen un beso mercenario

en las encrucijadas de las calles perdidas.

¡Oh, los dedos dormidos como sierpes hipnóticas

recibiendo los besos cordiales de la lumbre,

garfios siempre propicios en las noches caóticas

-como las pesadillas llenas de pesadumbrea

invitar a una gorja de miseria y de olvido!

Una vieja buscona, solemne, ha removido

las ascuas rutilantes con la negra badila,

y en un rojo arabesco, cual reptil retorcido,

se ha reflejado el fuego sobre cada pupila.

En la ceniza pálida hay ojos de animales...

Brillan los tizoncillos cual granates tallados,

y trazan unas grecas de audaces espirales

como en los laberintos de los damasquinados.

Las pobres diaconisas de la carne alquilona

tienen el alma hueca y los párpados bajos;

de cuando en cuando estallan en risa retozona

sacudiendo a compás sus gayos calandrajos.

Dividida en dos crenchas, corta a media melena

todas peinan igual la mata de cabello

que nimba tristemente el mohín de la pena

en sus rostros sedientos de lo justo y lo bello.

Los límites sociales son ruecas de cristal;

los hilos que se rompen ya no se anudan nunca.

¡No han de ser más que sapos de hediondo tremedal

aquellas que han entrado en la negra espelunca!

Muestran las pantorrillas de alabastro poluto

enfundadas en medias azules o rosadas.

Las cabezas morenas fingen rosas de luto

y las rubias recuerdan las custodias sagradas.

Enseñan las hileras de dientes carcomidos

en una algarabía de carcajadas cínicas,

porque una ancila vieja narra los sucedidos

en los tristes presidios y en las cruentas clínicas.

¡Palidez atroz

de polvos de arroz

que la faz armiña

de la que hace puerta!

A una sombra incierta

los ojuelos guiña

con dengue de niña

y tinte de muerta.

Trina en el dintel

con siseo igual;

parece un cimbel

en un tremedal.

¡Triste Necesidad, manantial de injusticias,

para dar el joyel de la trilla en las eras

el agro necesita un beso de inmundicias!

¡Las floridas ciudades necesitan rameras!

Nacen en las negruzcas malditas madrigueras,

como crecen las rosas en un estercolero,

los hijos de las sucias vitandas carcaveras.

¡Espigas que han brotado en medio de un sendero!

Y esos niños contemplan un cuarto desabrido:

la colcha de percal que rameada y roja

cubre un lecho de hierro desquiciado y vencido...

La Miseria doliente que repugna y enoja

es la eterna nodriza que amamanta mil veces

a esas larvas nacidas bajo infandos cobijos.

Son sus primeras letras epígrafes soeces

que ennegrecen ventanas, tabiques y escondrijos.

Tiernos espectadores de los abrazos zurdos

en los enjalbegados aposentos ingratos;

oidores del choclear de los zapatos burdos,

de pendencias y bullas, zambras y malos tratos.

Al son del garlar vil de la escuela del vicio

se les briza la cuna en las alcobas frías.

Mientras el niño duerme la madre hace su oficio.

¡Rosas de lupanares, niños de mancebías,

vidas que serán necias, ladronas e intranquilas,

hijos de la canalla, hijos del vicio pobre,

niños de las manflotas que tienen las pupilas

redonditas y oscuras cual monedas de cobre!

¡Borrad las jerarquías innobles y rastreras;

cortad un día rojo esos sociales cánceres

que producen enfermos, mendigos y rameras!

¿Por qué las degollinas no las hacen los mánceres?

En la sala lijosa del burdel repugnante

hay un enorme gato que duerme en la tarima,

unos muebles muy sucios, un reló sollozante

y un cromo de la Virgen con una cruz encima.

Suena en el umbral

un silbo alarmante

como el de un cristal

que rasga un diamante.

Aburrida y yerta

la hembra de la puerta

da bajo el dintel

su siseo igual.

Parece un cimbe en un tremedal.

¿Por qué las degollinas no las hacen los mánceres?

MANIFESTACIÓN DE HAMBRE

Un frío domingo antipático

vi un lijoso y doliente enjambre:

en un paseo aristocrático

una manifestación de hambre.

Fue en la Castellana elegante,

jardín de modas y arrumacos,

donde resuena extravagante

la sandez de los currutacos.

Pobres obreros miserables,

mujeres, ex-hombres gorkianos,

niños de faces espantables,

todos asidos de las manos,

formando sartas de miseria,

henchidos de un rencor de infierno.

¡Inanición, ira y laceria

entre la bruma de un invierno!

Cielo gris de un día holgazán,

ausencia de oro y de arrebol,

y gente huérfana de pan

en la ciudad viuda de sol.

La Castellana era aquel día

de famélicos peregrinos.

¡Escaparate de cursilería

de niñas bobas y sietemesinos!

El menestral de ojos de lumbre

fruncía el ceño en fuerte arruga,

y subía la muchedumbre

ondulante como una oruga.

Y la almibarada inconsciencia

mirábalos con repugnancia,

sin saber que era una advertencia

que hacía el Hambre a la Elegancia.

Puros perfiles de medallas,

damiselas de porte rico,

como mujeres de pantallas

o de países de abanico,

¿no os asustó en el sucio fango

la Multitud, plural vestiglo,

rosas de «tennis» y «te tango»

de la maceta de este siglo?

Orlas de nutrias y de encajes

tenía la mueca melancólica;

brillaba el raso de los trajes

como un esmalte de mayólica.

¡Rencor de plebe desgraciada,

que, tiritando con sus niños,

veía la carne aburguesada

bajo el calor de los armiños!

¡Burguesías, faunas asqueadas

de ver andrajos, tizne de hulla!

¡Rebaños que aman las bordadas

rosas de oro de una casulla!

Aristocracia contumaz,

¿te enseñará el social dolor

una guillotina voraz

una tarde de Termidor?

Vi en aquel domingo holgazán,

sin luces de oro y de arrebol,

a un pueblo huérfano de pan

en la ciudad viuda de sol.

Vi a un albacea de Jesús

destrozando la flor del Bien

y a Teresita Cabarrús

haciendo guiños a Tallien.

LA COJITA DE LAS INJURIAS

El mediodía en la barriada pobre

prendía lentejuelas al andrajo

y, a toda luz, era color de cobre

el Madrid de la greña y del zancajo.

De cúpulas de iglesia realzada

la ciudad en sus perfiles recortados

parecía una hembra calcinada

que enseñase los senos abrasados.

¡Incandescencia de fulgores duros!

El astro en sus lumínicas lujurias

arrancaba luceros de los muros

en el hoyo que forman Las Injurias.

El tinte rubio de la purpurina

embadurnaba las casuchas hoscas,

y el parpadeo de la venturina

se destacaba en las paredes toscas.

Por una cuesta pina y pedregosa

una chiquilla coja y despeinada

bajaba como una grulla temblorosa.

En su muleta corta iba apoyada

como un náufrago a un remo redentor.

La pierna ausente parodiaba el palo.

(Para los que claudican con rencor

la vida es un sendero áspero y malo.)

Con un melindre de caricatura,

excitando el sollozo o el ludibrio,

bajaba aquella pobre criatura

haciendo maravillas de equilibrio.

Un gozquejo sarnoso la seguía

importunando su marcha acrobática;

temerosa la niña se evadía

con precisión perfecta y matemática.

Se deslizó por la pendiente gualda

igual que un saltamontes malherido.

El perro inmundo se enganchó a su falda

mordisqueando un volante descosido.

Y la mofa del can, triste e inicua,

hacía a la infeliz tambalearse.

Sobre los guijos de la cuesta oblicua

creí que la cojita iba a estrellarse.

Por fin llegó al final de la barranca,

a un africano aduar sucio e infecto

donde el proscrito duerme y se esparranca

con el dolor, el hambre y el insecto.

La cojera infantil era simbólica

en el barrio canalla y condenado

donde la carne enferma y melancólica

se revolcaba al sol rudo y dorado.

Cual la niña alegórica y tullida,

en las ocres viviendas requemadas

hay gentes que renquean por la Vida

bajo los mimos de sus dentelladas.

LA SALOMÉ DE SAN MARTÍN

Ante una calle vil y escueta,

al núcleo de una encrucijada,

San Martín yergue su silueta

torpe, blanquizca y desconchada.

Como unas lenguas parlanchinas,

rompen sus címbalos volteantes

serenidades matutinas

con carrillones atronantes.

Incienso y cristianas congojas

llenan el templo de humo y voces.

Un eucalipto con las hojas

curvadas como verdes hoces

sobre el blanco muro del huerto

se alza ante un barrio podre y tuerto:

Burdeles y tabernas rojas.

En las losas los cayados repican.

Los nudosos mendigos, lacras del cáncer patrio,

plasmados, gimotean y suplican

bajo los perifollos y platerescos de un atrio.

Es un grupo de ciegos y tullidos

que, tras la oración, lanzan la blasfemia estrambótica

por sus belfos violáceos y torcidos

con un girar inútil de su turbia esclerótica.

A coro mosconean su salmodia

deseando peculio y salud a las beatas.

Tienen sus voces dejos de parodia.

La animosidad surca sus vidas poco gratas.

Es gente que maldice porque odia.

Frente al pórtico hay un puesto de flores

vernales. De los fétidos mantones y tabardos

se apagan los misérrimos hedores

con los blancos aromas de azucenas y nardos.

Quien más riñe, gruñe y charlatanea

es Salomé, mendiga engañosa, ciega y chata,

que se acurruca en su silla de anea

y enciende los coloquios, discute y disparata.

Su lenguaje es atroz como su facha.

Ama las libaciones con alcohol nauseabundo.

Es Salomé pintoresca y borracha.

Cuando ha bebido un poco, insulta a todo el mundo.

Pide con voz descontenta y sabática.

Un plato de latón se engarza en sus falanges.

Su fea faz rememora, hierática,

a los ídolos romos de los bordes del Ganges.

Esa mujer blasfema y despotrica

sumida en el castigo de sus tristes tinieblas;

en su ceguera el furor se fabrica

entre las azuladas aguardentosas nieblas.

En el bisel de una arista del muro

el astro-rey se estrella en un reló gnomónico.

¡De tu retina el destino es mas duro,

Salomé, ver no puedes el sol rubio y armónico!

La Miseria social se simboliza

en los denuestos acres que tu boca nos suelta.

La Materia se caricaturiza

en tus labios de esfinge y en tu nariz en delta.

De mirra y de incienso un bautismo

unge a los mortales que en coro

rezan con tierno misticismo.

Fingen constelaciones de oro,

sollozando su céreo lloro

los cirios del catolicismo.

El eucalipto entre sus hojas

curvadas, como verdes hoces,

muestra sangrientas manchas rojas.

Y se adormecen los feroces

dicterios de la mendicanta

que, bulliciosa y maldiciente,

nos emociona y nos espanta.

Y espera la hora de su fin

entre nieblas de aguardiente

la Salomé de San Martín.

EL MADRID DE LAS RONDAS

Hay un Madrid que no tiene ni flores, ni fuentes, ni frondas.

Un Madrid paria y viudo. Sus acacias orondas

y sus olmos son muy pobre limosna para sus vías mondas.

¡Oh, Madrid de las rondas!

Madrid de los gasómetros redondos, cual grandes tambores.

Madrid de las esbeltas humeantes chimeneas.

Madrid de los obreros denegridos y trabajadores

y de las hembras feas.

Madrid de los alegres lavaderos. La carnal materia

se hacina en vergonzosos absurdos falansterios.

Madrid compendio de desdicha y hambre. Haz de la miseria

y de los cementerios.

¡Oh, Manzanares, al que motejaba de arroyo aprendiz

el buen Francisco Gómez de Quevedo y Villegas!

¡Ruin y estéril complemento del grato goyesco tapiz

que ni bañas ni riegas!

Dehesa de la Arganzuela. Primavera. Luz de esmeraldinas

praderas como aquellas de Patinir, divinas;

un manzano en flor contempla en las aguas azules, hialinas,

sus guedejas albinas.

Granja del Atanor toda de oro. Otoño dehiscente.

El follaje desgrana su ambarino abalorio.

Lleno de hojas-monedas parece el tazón de la fuente

plato de petitorio.

Suciedad, senectud. Fragmentos de mil ruinas herrumbrosas

tiradas en el polvo: la Ronda de Toledo.

Bajo el sol, juega al cané la canalla con cartas pringosas

sin zozobra ni miedo.

Bajo un convento y un Palacio Real la Ronda de Segovia

se arrodilla sumisa como una pobre novia.

Allí hay hambre. El hombre como un can aúlla en su hidrofobia.

La sed social agobia.

Allí se tuestan bajo el sol las chozas del pobre suburbio.

Allí están virtualmente la huelga y el disturbio.

Hierve en el pecho de sus habitantes un odio intenso y turbio.

¡Oh, rencor del suburbio!

Rudos brazos transforman la energía en útil trabajo.

Negras locomotoras jadean arrastrando

su gusano de acero y de madera. ¡Hombre del andrajo,

te redimes sudando!

Estación de las Pulgas, manufacturas, fábricas rojizas.

Las arterias fabriles laten con feroz pulso.

Los enigmas se rompen con volantes, hullas y cenizas,

con ciencia y con impulso.

Igual que flautas las máquinas silban. Como contrabajos

zumban roncas dínamos un sinfónico *scherzo*.

Es la gran orquesta de los armoniosos pujantes trabajos.

¡Sonata del esfuerzo!

Tras el tapial de un viejo camposanto se alzan con dolor,

negros, aciculares, con perfil neto y fuerte,

los siniestros cipreses que recuerdan al hombre en su labor

la Miseria y la Muerte

EL LAZARILLO DEL CÍCLOPE

¡Can sumiso y acólito, como el can de Durero;

lazarillo cuadrúpedo, junto al Diablo y a la Muerte

conduciendo leal y fuerte

al Hombre en su sendero...!

¡Can sumiso y acólito, como el can de Durero!

Y este ciego mendigo de rostro rasurado

de procónsul de Roma, de trapense o de chalán,

sigue a su guía y guardián

porque Dios le ha cavado

dos profundos alvéolos en su rostro afeitado.

¡Este ibero de bronce golpeaba los yunques!

Ordeñaba los fuegos de bigornias siderúrgicas;

pero dos chispas quirúrgicas

aquietaron las mazas demiúrgicas

abrasando las córneas que alumbraban los yunques.

Cuando se nos extingue la vida cinemática,

el mundo es ya peor...

¡Insultan los fariseos

y faltan los cirineos!

En la noche antipática

solo un perro consuela la viudez cinemática.

¡Benditos sean los gozques, los caballos, los bueyes

que conducen los féretros, las carretas y los ciegos;

que del Bien tienen los fuegos

y no saben de éticas, purgatorios ni leyes!

¡Benditos sean los gozques, los caballos, los bueyes!

Esta bestia sagrada, ladrona y anarquista,

saquea las banastas mugrientas del mercado,

y los frutos que ella ha hurtado

nutren al pobre hambriento del festín de la vista.

¡Bestia facinerosa, sagrada y anarquista!

¡En atrios y conventos hay que gañir plegarias!

Robar es más valiente, más bello y más deleitoso

que la honradez y el reposo

en horas adversarias...

¡En atrios y conventos hay que gañir plegarias!

Nodriza de la inopia, furriel del pordiosero,

guarda entre sus mandíbulas las monedas sustraídas.

(Las gentes no son buenas, pero son distraídas.)

Codicia el can el dinero

y hace de los descuidos una hucha al pordiosero.

¡Discos nuncios del crimen y de las epidemias;

sucias piezas de cobre que llevas en la alcancía

de tu quijada bravía!

¡Hostias de las blasfemias,

discos nuncios del crimen y de las epidemias!

¡Te matará un imbécil -alguacil o perrerobestezuela

cordial! Quedará el ciego tullido

de su órgano preferido

y solo en el sendero...

¡Te matará un imbécil -alguacil o perrero-!

Mientras tanto, prosigue. El cíclope vencido

ha menester tus claras retinas y tus dientes...

Camina en la calzada escueta y pedregosa

junto al Diablo y la Muerte, como el can de Durero.

LA GUERRA
NIETZSCHE

Nietzsche, tu jerigonza parabólica

briosa flagelaba al mundo estulto;

de tu boca de morsa melancólica

fluían las centellas del insulto.

La vida es triste. Es un festín de heces.

Torpes cerebros sucios y rastreros

y en una apoteosis de sandeces

las hembras necias y los hombres hueros.

Eso dijiste, y esperaste el día

en que saliese un ser de la canalla

que cruzase el gran río en su almadía,

libre ya de los grillos o la tralla.

Pero tú que sabías que era el hombre

fiera indomable y detestable puente,

¿cómo soñaste que tu Superhombre

hallase limpia el agua de la fuente?

En los delirios de tu gran dolencia

arrojaste en metáforas galanas

centenos de egoísmos y violencia,

¡malas semillas en tierra alemana!

Sobre las mieses de tu verbo roto

pasó un cierzo de odio y de ludibrio;

se abrió tu alma como flor de loto

en las lagunas del desequilibrio.

Los sabios te miraron de reojo,

apóstol fiero de inconsciente brío;

les asustó tu manto por muy rojo

y tu mirada porque daba frío.

Daba frío a los tristes ateridos

que treman a un viril y recio soplo,

idólatras de dioses ya podridos

caídos bajo el filo del escoplo.

Pero tú te engañaste. La semilla

dio como frutos una guerra amarga;

en tu aurora la estrella ya no brilla

y en tu vergel la tempestad descarga.

Conciencias cojas y cerebros sucios

divorciaron la espada de la vaina.

¡Siguen los doctos de cabellos rucios

hartándose en festines de chanfaina!

La estolidez apaga toda lumbre,

la canalla servil todo lo frustra;

no llega el Hombre a la dorada cumbre,

ni a su Gran Mediodía Zaratustra.

Tu alma de belleza estaba llena

a la par que de absurdos reconcomios;

tu canto es ese canto que resuena

en los jardines de los manicomios.

LA ÚLTIMA BROMA DE SCHOPENHAUER

A Schopenhauer, el huraño,

le hizo un epitafio barroco

en un cuento mordaz y extraño

Maupassant, aprendiz de loco.

Había muerto el profesor

avinagrado y pesimista;

guardaba su tez el livor

de unos reflejos amatista;

y en aquella cámara ardiente

lloraban por el corifeo

los discípulos del ingente

filósofo bilioso y feo.

Desvanecíase en sahumerio

de los espliegos la fragancia;

flotaba inquietante misterio

en el ambiente de la estancia.

Un joven a otro probaba

que de la vida el lapso es nimio.

¡Ya para siempre descansaba

Schopenhauer, cara de simio!

Mas el concurso estremeciose

con gran pavor, y no era en balde:

una sonrisa percibiose

en el difunto rostro jalde.

¿Resucitaba? ¿Sonreía?

Corrió un plural escalofrío.

40/91

El maestro la boca abría

con un gesto que daba frío.

Todos rompieron a tremar;

su pensamiento fue asaltado

por el caso de Valdemar

que Poe genial ha narrado.

Luego sintieron el crujir

de unas mandíbulas chirriantes;

¿tenían algo que decir

los muertos labios alarmantes?

De los mustios labios de Arturo

Schopenhauer brotó algo incierto:

un objeto rígido y duro

que rodó a los pies del gran muerto.

Los discípulos avanzaron

con gran temor y gran premura.

Yaciendo en el piso encontraron...

una postiza dentadura.

¡Oh, filósofo cejijunto,

maestro caduco de la zumba

que aprovechaste estar difunto

para una broma de ultratumba!

Maupassant que ganó la borla

de doctor en abracadabra,

pues vio una noche con el Horla

de Satán la pata de cabra,

sobre aquel docto cenotafio

dejó esa adelfa de amargor.

¡Fue un donoso y bello epitafio

al viejo erizo de Francfort!

Maupassant narró esta aventura;

Maupassant, dolorido y fuerte,

que fue al burdel de la Locura

a desposarse con la Muerte.

LOS ESTADOS MAYORES

Por la siena turbia de los mondos llanos,

sin gritos metálicos, sin voz de tambores,

van las cabalgatas de los soberanos

Estados Mayores.

Los grises capotes, los cascos bruñidos,

las caras de vieja de los mariscales

gotosos o hepáticos que lanzan gruñidos

breves y fatales...

Las gafas de oro de los comandantes

cercan los ojuelos verdosos y agudos;

brillan los monóculos de los ayudantes

que meditan mudos.

Fingen las espuelas luceros de oro

en la noche oscura de las medias botas;

los sables pronuncian un himno sonoro

de punzantes notas.

Se habla en un idioma de argucias complejas.

Lleva el polinomio el triunfo del fuerte.

Son las ecuaciones como las madejas

que urdirán la Muerte.

Del rito estratégico las palabras técnicas

-ataques en cuña, marchas envolventes-,

dichas con recuerdos de las Politécnicas

por los subtenientes...

Europa está herida. Hay sangre y destellos.

Por su inmensa llaga de rojos colores,

como unos gusanos ondulan los bellos

Estados Mayores.

Son tristes y trágicos. Dicen que son buenos

para dar victorias, tierras y cautivos.

No serán amables, pero por lo menos

son decorativos.

¿Qué importa el Decálogo ni la razón práctica

si pueden servir de tema a un artista?

Son rosas de luz los sabios en táctica

para un colorista.

En napoleónicas visiones antiguas

vuelve la epopeya que hace un siglo fue...

¿Por qué reaparecen esas estantiguas

que con una lupa pintó Meissonier?

EL ESFUERZO

LA TORTUGA DEL CATOLICISMO

La cúpula del Escorial, bajo el bautismo

del agresivo sol que irrita, ciega y daña,

es el caparazón de hipocondría y saña

de la inmensa tortuga del catolicismo.

Tartamudea el esquilón en la espadaña...

Guarda el macizo templo que se agobia a sí mismo

el detestable gusto del jesuitismo

sobre el triste panteón de los reyes de España.

... Un inquisitorial esfuerzo de pigricia

de Felipe y de Herrera. La fe que ajusticia

le ha dado al Monasterio color de ictericia.

¡Siniestro galápago, grave, ocre y moroso,

simbolizas la fuerza estéril del coloso

que al encontrarse feo se torna bilioso!

LAS MÁXIMAS DE EPICTETO

Besa la niebla de las madrugadas

de mis balcones el cristal;

solfea el reló cinco campanadas

como un arpegio digital.

¡Silencio matinal! Nada me turbe

salvo el ronco rodar de un coche

o un alegre cantar de gallos de urbe

dando extremaunción a la noche.

Leo en sartas de letras pequeñitas,

con ambiente callado y quieto,

por mi buen bisabuelo manuscritas

máximas del viejo Epicteto.

¡Marcha el sirio filósofo estoico

sobre sabia huella socrática!

Quiere su crátera en mi incendio heroico

verter la prudencia pragmática.

Ama mi carne el premio de los goces.

Ansía besos y riquezas.

¡Epicteto no ha de mellar las hoces

que emplear quiero en mis proezas!

Me detendré por la concha y la flor

y dejaré partir la nave.

No ha llegado a asustarme el dolor

ni a tentarme la vida suave,

y harto de dar saltos y piruetas

de saltimbanqui silogístico

iré a buscar las verdades secretas

en un mar violento y artístico,

y así me adueñaré del Universo,

sin podres teorías físicas;

así abrirán los dedos de mi verso

las rosas metafísicas.

Quiero raptar a la Helena troica

chorreando sangre melpoménica,

y enseñar a la escuela estoica

mi dolor de tragedia helénica.

El huir del Sufrir es ser cobarde.

¡Apréndelo, Prudencia mágica!

El Manual de Epicteto llega tarde.

¡Amo la vida recia y trágica!

En daguerreotipos y en miniaturas

se ríen mis antepasados

de que lea sus viejas escrituras:

¡Aventureros y desventurados!

A mi abuelo le brilla la capona

sobre casaca sanjuanista,

y su negra perilla desentona

sobre el corbatín de batista.

Vosotros, por la noche en vuestra alcoba

este amarillo libro que abro

escribisteis en mesas de caoba

a la luz de algún candelabro.

Pero nunca os domasteis a la horma
de la renunciación dogmática.
La aurora que nacía os dio la norma
de la gran existencia dramática.
Suenan los conventuales esquilones
y me dicen palideciendo
«Hasta mañana» las constelaciones.
El día nace sonriendo...
Borra el alba la noche alarmante,
como quien corrige una errata,
y en el cielo cabecea el menguante
como una góndola de plata.

LA ADONIA DE RUBÉN DARÍO

¡Los huérfanos gimen! Es que ha muerto el coloso

cantor de amor y de marcial trofeo.

Como murió el Adonis de perfil hermoso,

ha muerto Adonis el del rostro feo.

¡Maldita hermosura de la carne que es fatua

-del fruto podre vanidad de cáscarabella

solo por ser modelo de la estatua!

¡Qué importa la hermosura de la máscara!

¡Malditas las cosas silenciosas y estáticas!

¡Maldito el charco-espejo de Narciso!

¡Bendición a las liras y a las flautas áticas

que estremecen las figuras del friso!

¡Maldición al verso que es de peltre y de talco!

¡Oro de gloria a Rubén en su Adonia!

Llantos y anémonas sobre el gran catafalco,

entre los nítidos fustes de Jonia.

Rizos de piedra, espiras, capitel jónico.

Volutas retorcidas cual zarcillos

que fueron molinetes de un puntero armónico

para los melódicos caramillos.

Helicoidal tirabuzón de caracolas

hecho en el blanco cabello del Paros

curva remedada de la egeas olas

de los flancos del mar zarcos y claros.

¡Rubén Darío, has muerto! ¡Rubén Darío,

de marfil y ébano tu lecho sea!

¡Besen airones de humo de mirra tu frío

cuerpo, dispuesto al connubio con Rhea!

¡Oh, Cibeles, que tienes collados por senos,

en ti la savia del mundo se encierra!

¡Para los muertos tus pechos están siempre llenos!

¡La última querida del hombre es la tierra!

En Nicaragua la hija de Telus te espera,

gran poeta de erótico prestigio;

serás grano de oro en su gran sementera.

Ella te amaba como al Atis frigio.

Atis, envidioso de verla tan fecunda,

con una piedra aguda se castró;

con su virilidad murió, y la coyunda

de su carroña a Rhea fecundó.

Y es que la Cópula y la Muerte son lo mismo:

eslabones casuales, altos nexos,

lucios lampadarios del sideral abismo.

¡Gloria a las Agonías y a los Sexos!

¡Gloria a las lúbricas metafísicas hambres

que redimen del lodo y del marasmo!

¡Gloria a las rosas negras de rojos estambres!

¡Gloria a la ciencia, hija del espasmo!

¡Muerte, madre de metamorfosis hermosas!

Cual vino a ser mariposa la oruga,

vendrá a ser sangre el rosal y la carne rosas.

La Materia Eterna siempre está en fuga.

¡Böcklin, Maeterlinck! Quien fornica se destruye,

y la Intrusa es potente y es lasciva;

el protoplasma muerto hacia otras formas huye,

y queda del Dolor la llaga viva.

¡Rubén, Rubén! Queda en carne viva mi lacra

ante el despojo de tu carne muerta.

¡Mas no lloro! Se dio a ti la Armonía sacra,

y hoy devuelves al Cosmos su alta oferta.

Rubén Darío, sol mítico y panteísta,

en el Gran Todo tu substancia fluye;

tu verso cadencioso, síntesis de artista,

entre las multitudes se diluye.

¡Morir no es morir! Es proteica mudanza.

De aspecto en aspecto transmigramos,

y con nuestros sollozos, la única esperanza,

el Devenir, la Muerte denigramos.

Como ante el Sol, hay que cantar ante los muertos

porque han ascendido unos tramos más

en la Infinita Escalinata. Están ciertos

de lo que hay del velo mayo detrás.

Rubén, no te lloro porque no te he perdido;

te canto, porque aún canta tu recuerdo

en mi alma de alumno. Tus versos he aprendido,

y porque te recuerdo no te pierdo.

Tu carne nutre el asfódelo del montículo;

la Vida todo lo ama y lo desmocha,

y silba la flauta de cañas de Janículolos rotundos escolios de Spinoza.

JUNIO

¡Bajo el cangrejo de estrellas se extasiarán las llanuras!

Hacen fecundas promesas a las campiñas los soles;

en los sidéreos trigales lucen espigas maduras

y en el agro hay una roja constelación de ababoles.

El guadañil que hace siega en matemáticas puras,

como Copérnico o Newton igual que dos girasoles

dirigirá sus pupilas hacia algebraicas lecturas

en los cielos recamados que giran cual facistoles.

Todo el misterio de Eleusis ondula en los amarillos

campos humildes al son de albogues y caramillos;

modulaciones gozosas de un hierofante jocundo.

Una oración balbucean los tartamudos cuclillos

y anaxagóricamente la glosan múltiples grillos...

¡Pasa un deleite de ciencia por la vagina del mundo!

NISUS

Este noble deleite de sudar y esforzarme

para luego morir, sin querer recompensa...

Ebrio de dinamismo, no me disperso nunca.

Mi vida es simple y lineal.

He donado mis tierras; he quemado mis ropas.

Con mi mandil de cuero, en mi gruta, en mi fragua

martillando en el yunque, junto a una fresca fuente

puedo a mi gusto jadear.

Soy más casto que el gneis. Agonizó la Amada.

Un enjambre de avispas acribilló sus senos

como manzanas núbiles. Me libré del castigo

del Sexo estúpido y cruel.

Desprecio las contiendas de Ahrimán y de Ormuz

y los considerandos del Gran Juicio Final,

las leyes del Areópago y de la soldadesca

y los Dioses borrosos...

Le he arrancado ya todos los denominadores

a la ecuación del mundo. Idéntico y sencillo

en mi labor penosa de terco Demiurgo

encuentro mi finalidad.

Contra el tremendo espanto de presumir los noúmenos

golpeo los fenómenos, machaco la apariencia;

cada diástole mía es una gran plegaria

de rebeldía y voluntad.

MUJERES MUERTAS

¡Mujeres muertas en Málaga

por el filo del sable servidor de las borlas

y los dorados galones

de la amable fuerza armada!

¡Oh víctimas del encono

del inepto pretor! ¡Mujeres de Alicante

que por unción final tenéis

la ira negra del tricornio!

Mujeres pidiendo pan...

¡Estrellas matutinas de sus blancos hogares;

tallos humildes y honestos

tronchados por pie brutal!

Los toscos cascos equinos

destrozaron las chambras, malhirieron las carnes...

El orden necio y gregario

así fue restablecido.

Mujeres, ya no sois nada,

sino andrajos de carne en el bruñido asfalto...

sois bajo la lútea lluvia

como antorchas apagadas...

¿Qué pidió vuestro coraje,

hembras ajusticiadas, que tan rudo castigo

cercenó con vuestras vidas

la manifestación de hambre?

¿Fue tan solo la protesta

contra el vil latrocinio que arrebata el pan bazo

de la boca del bracero

motivo de tal fiereza?

El hambre de la venganza

se unirá al vilipendio y a la cruel inanición...

Al fin, mellará los filos

el pueblo con justa saña.

Santas de España, famélicas,

pobres. Desde el pretil de mi piedad las miro

como si entre ellas, difunta,

mi propia madre estuviera.

Lloro ante su último aliento

como si hubieran sido mis nodrizas del alma

y en mi niñez, generosas,

me hubieran dado sus pechos.

EL PARAÍSO DESDEÑADO

A una sombra amada

- I -

Hay un muchacho que mama

detrás de cualquier pezón.

Dicen que el alma es su ama;

él es bejín y tragón.

Papillas de creación

pronto le destetarán:

la Vía Láctea -biberón-,

el sol -corteza de pan.

Un silencio. Un calderón.

En la cuna de mi pecho

llora el niño Corazón.

¿Qué le has hecho?

¿Qué le has hecho?

- V -

Otoño

La desmayada limosna de oro

que en los espejos de agua desliza

suena en cada hoja con la voz de un coro...

En los estanques del alma estiliza

unas elipses y un ritmo canoro

ese temblor que los líquidos riza...

Lo irremediable canta su desdoro

al desdichado jardín que agoniza.

Despierta el plectro de algún episodio

una congoja de entre las serenas

cuerdas de lira que imitan las ramas

medio desnudas por cierzos de odio,

porque no siendo cenizas y penas

apenas dejan herencia las llamas.

- IX -

Lectura

Corazón mío, no te exaltes.

Fija los ojos en el libro;

mira las gráciles letras, en la celulosa,

como las momias en los siglos.

Olvida el canto y la medalla.

(El rizo olía a miel de otoño.)

Aún le han de crecer al libro muchas yemas cuando

estés perdido en el reposo.

Todo será para la cifra.

Han de cifrarse tus latidos,

y han de ser piedras, como las que descansan

en las meditaciones de los ríos.

- X -

«Yo ya he dejado a mi madre,

a mi sierra pura y blanca,

con neveros en las sienes

y con la sonrisa pálida,

por ir a la mar gozosa,

a la mar, novia salada.»

El río me lo decía;

el río galán, que marcha

sin escuchar los lamentos

de la serranía anciana,

su madre, a quien los sollozos

dejan la faz arrugada.

Y yo veía mis dudas

que en la limpidez temblaban,

y yo sentía mis penas

ahogarse en su risa clara.

Iba yo en contra del río,

con rumbo opuesto al del agua,

a remontarme a mi sierra

ceñuda, mas buena y santa.

Torrenteras y canchales,

arrugas de años y lágrimas

en las mejillas de piedra,

de sol y de aire doradas.

Huía yo, a mi pesar,

de lo que el río buscaba:

de sonrisas de coral

y trenzas de rubias algas;

de los nudillos de perlas,

de los tobillos de nácar.

Marchando contra corriente

dejé a la mar a mi espalda,

porque así me lo exigía

el amor a mis montañas;

pero pensaba en la sal

de mis bodas en la playa

y en los amantes suspiros

del caracol de las almas.

Yo era ingrato e infeliz,

pues mi dicha abandonaba,

pero el río descastado,

mal hijo, al correr, cantaba:

«Yo ya he dejado a mi madre

con la cabeza nevada,

con sus glaciares de llanto

y con sus caricias ásperas

por ir a la mar hermosa,

a la mar, novia salada».

- XIV -

Yo tuve un alba y una alondra

que me sacó pepitas de oro

del claro río de la luz sonora,

del río de mi gozo;

y yo las fui juntando todas

sin afán de lucro ni adorno.

Mas cada noche sin dormir me roba

parte de mi tesoro,

y las tinieblas, aun con rosas,

más que fragancia son agobio.

Se me secó mi manantial de aurora,

aunque lloran mis ojos.

- XVI -

Vuela un aroma de membrillos rubios,

ropa recién planchada y cera virgen.

El comedor de luz está inundado

como una perla. Espejeantes, gimen

las suaves tablas bajo el sol de otoño.

(Entarimado, copiador de imágenes,

que hueles a mastranzo, ¿por qué sufres

de mis pies y estas sillas los vejámenes?)

He trabajado tanto que no gozo

de esta anodina paz como debiera...

¡Y vine ayer! Lamento haber dejado

el rudo trajinar de mis tareas.

Son mis sentidos destetados niños

del rumor del barullo de la fábrica

donde jadean los bruñidos émbolos

en la gimnasia sueca de las máquinas.

¡Sabe tan bien yantar, viendo las copas

insenescentes de los frescos pinos,

cuando agoniza todo en este octubre,

y testan los caducos y amarillos

abuelos de los bosques!...

Las cornejas

cruzan, graznantes, en bandada oscura

el cielo azul, de una azulez de piedra

preciosa y abundante.

-¿A qué has venido?

-dice una voz acompasada y triste.

-A verla sólo, a verla con mis ojos.

-¿Sabes, acaso, si en la casa aún vive?

-Yo no sé nada, resucito ahora.

No sé dónde he pasado tanto tiempo.

Y reconozco al sonriente hermano,

aunque la luz se cierne por su cuerpo.

-Tras esa calle que enamora y ciñe
la pobre iglesia de campanas de oro
-me anuncia, sin dolor y sin reprochela
encontrarás feliz en su reposo.
Gusta buscar las flores del olvido,
porque ella es brisa, sol, efluvio, orvallo;
en los campos benditos, amor puro:
lo que de ella en el mundo tú has dejado.
-¿No la podré ver ya? ¿Me está prohibido
en su perfil gentil cercar mi espíritu?
¿Dónde estará el capullo de su risa?
-Entre los llantos de los eucaliptus.
La abandonaste, y, sin embargo, estuvo
siempre a tu lado. Recorrió las tierras,
los anchos mares y los limpios cielos,
y así jamás te atormentó su ausencia.
Sus alas de ángel extendió al sendero
de las veletas mohosas y los nidos;
no trajo nunca su sandalia polvo
sino del polen de los mozos pinos.
-¿Y ahora, dónde se halla, muerta o viva?
-en mi fervor contrito he preguntado-.
¿Qué pétalo, en la rosa de los vientos,
al desleírse, prefirió su paso?
-Fue a tus manteles y a tu cabecera,
en su increíble diligencia tácita,
a decantar tu vino de sus heces,
a desfruncir los pliegues de tu almohada.

DE PROFUNDIS

Recordarán los cirios el panal y el enjambre;

las cuatro tablas toscas, más que la fruta, el nido;

y los paños con orla de oro -adusto estambreel

esquileo que endulzó el balido.

Permaneceré inmóvil, desconcertante, extraño,

con la frente de lodo, con los labios de cera,

con el pelo, reliquia de fuga, de rebaño...

Fui carnero, pardal, melera obrera.

Y en mi ya papandujo párpado, una moscarda

desleirá las sales de mi emoción final,

y en la órbita de vidrio irá su trompa parda

a extraer sangre de mi lagrimal.

Y yo tendré una suave sonrisa de fracaso

o una mueca ridícula, difícil de entender.

Capucha de buriel más que almohadón de raso

para mi seca nuca he de obtener.

Entre un dolor de madre o de hija, la pamema

de brujas sollozantes y de hipócritas gordos,

querrá ir por los meandros de la rubia postema

a mis oídos, que quedarán sordos

por unos cuantos siglos: (El mal tiene remedio).

Alguien devolverá el entusiasmo vívido,

la risa y el vigor -¿sin pena ya y sin tedio?-

a ese muñeco absurdo, verde y lívido.

Por entonces, y en tanto, esta existencia parva
se irá esfumando en ecos débiles y confusos
al fermentar el cuerpo, al prosperar la larva
que medrará en ejércitos profusos
excavando en la tierra carnal, con ansias crueles,
la arquitectura de esta basílica sutil:
hornacinas de huesos, calcáreos botareles,
aéreos arbotantes de marfil.
Pero solo será una embustera ruina,
la del «Requiescat in pace per omnia secula
seculorum. Amén». Ni duerme ni declina
un oculto fervor de la molécula
y las últimas fibras, los átomos minúsculos
te recordarán siempre, emperatriz del orbe,
en su turbia conciencia, ahíta de crepúsculos,
sin que a mi pleno amor la muerte estorbe.
La osamenta buida y los densos redaños,
lo humilde y desdeñado por nuestras ambiciones
también gozó los gozos, también sufrió los daños,
feudos del tropo de los corazones.
¡Ay, mañanita humana, rubia, alegre y doncella,
medrosa de su voz, púdica de la luz,
más blanca que la leche que se cuaja en la encella,
invisible y sin sombra en el trasluz!
¡Reina de las auroras que ensartaban los píos
de las aves -burbujas- en sus hebras de sol;
aldeana a quien besaron los pies vientos y ríos

y el mar cantó en purpúreo caracol!

¡Sonrisa, aliento, carne de las antiguas diosas

que llenaron el cielo de dulce humanidad,

y al destrenzarse la húmeda mata de nebulosas

inundaron la tierra en claridad!

¡Sartas de perlas, rayos del oro de los nimbos

de campesinas santas que se fueron en pos

de la ejemplaridad, lucero de sus limbos,

de la Virgen encinta de mi Dios!

Y todo en un mohín, todo en un ademán,

en un correr de nube, en un rumor de espuma,

en un cerrar y abrir de ojos que tendrán

presos en la conciencia de su bruma,

mis pequeñas partículas, mis simples elementos,

los individuos últimos componentes del ser

que aun siendo en numerosos cataclismos violentos

hilos y lanzaderas, al tejer

Dios otros mundos jóvenes, no han de olvidar jamás

el arco de tu boca, la gracia de tus manos,

tus iris verdijaldes y morados quizás,

bajo las cejas, cercos albazanos.

Podrá mi podredumbre ir en la polvareda

del tiempo y de la historia, ser hebra de pelusa

en un olvido humano, pero tu imagen queda

en la evocación pálida y confusa

de los pobres corpúsculos, tenues e indivisibles,

que un día corearon con voces de orfeón

mis instantes de angustia, mis penas indecibles,

mis himnos de arrebato y emoción.

Podrán los restos míos ser en los tejaroces

brizna de jaramago o esquirla en argamasa,

arena en las sandalias de bárbaros feroces,

telarañas del techo de mi casa.

Pero no habrá destino, tarea ni misión,

en el trajín diverso del afán y el conato

mejor que la obediencia a mi fiel corazón

que latía por dar con el mandato

de las bruscas zozobras y las palpitaciones

la gloria del amor por ti, encanto concreto,

pasión que tras mi suerte recogerá en porciones

la tierra que me deje en esqueleto.

Sin que viva ni vea, sin que aliente ni toque

las hojas de mi árbol tu fuente colmarán.

Querrán ser lo que eres, con temblor de alboroque,

como aspiran a Dios luz, vino y pan.

Mi cuerpo será tuyo durante mil centurias,

destrizado en las muelas de la transformación

y no habrá afinidades, impulsos ni lujurias

que distraigan la eterna devoción

de mis átomos fieles a tus líneas, perfiles,

sonrisas o miradas, estarcidos y normas

que volverán el dócil rebaño a los rediles

del abrigo o majada de tus formas.

Y yo, hecho gusanera, escoria, barro y pus,

aspiraré en la muerte a Ti, sola ambición,

hasta que en un santo día las manos de Jesús

abran mi pascua de resurrección.

Cuando tras las cosechas de oscuros milenarios,

se cumpla la implacable profecía de Juan,

y entre ángeles sañudos y, otros, turiferarios,

llegue la hora del premio o del desmán;

cuando el fatal golpe de los cuatro corceles

terribles: negro, blanco, amarillo y bermejo

enrede entre las plagas de sus crines crueles

al desmedrado mundo, triste y viejo;

cuando las epidemias, cuando los descalabros

destruyan las ciudades rameras y malditas,

vendrá Él, con siete estrellas y siete candelabros,

a liberar las almas de sus cuitas;

cuando al Juicio Final en sus nítidas hopas

nos requieran siete ángeles con sus siete trompetas,

y la celeste cólera, vertida en siete copas,

salve virtud, bondad, ternura, escuetas,

se ahogarán los protervos en los ardientes lagos

donde han de consumirse la muerte y el infierno

y entre aire de catástrofes y humareda de estragos

alma y carne han de unirse en lazo eterno.

¿Qué será de mi ánima? ¿Qué será de la tuya

en el turbio relente del Universo anciano,

cuando el Primero y Último devuelva, restituya

la vida al pensamiento y a la mano?

Los trillones de granos de la espiga sexual

habrán pasado ya por millones de harneros,

cedazos y tamices, por la aceña lustral,

por la pala solar de los horneros.

La materia que pace en los prados del mundo,

rebaño de moléculas disperso en su destino,

cuando suene el acorde triunfante y tremebundo,

irá por la cañada y el hocino

buscando en la querencia de la áurea melodía,

que en el postrer ocaso su ardimiento desfogue

ese refugio adonde la égloga, en humo, guía

con la llama sonora del albogue;

y cuando esa zampoña que taña el Buen Pastor

haga que tanta oveja salve torrente y risco,

la piara de mi carne -leche y lana de amorha

de tomar Tu Forma por aprisco.

¡Hierba del sentimiento en los pastos del alma,

purpúreas cabezuelas, doradas margaritas,

emociones del campo, delicias de la calma,

impaciencias de alarma y de citas!

Alcanzaré tu espíritu siguiendo tus contornos,

imitando tus líneas, tu grácil gentileza,

y mi sangre y mis huesos gozarán los sobornos

de la renovación de tu belleza.

La colmena que guarda la cera del panal,

el prisma del panal que recibe la miel

tienen su geometría hospitalaria, tal

que de ella es la dulzura sierva fiel;

y la baja inmundicia que renace en las rosas

va por veredas fijas al máximo esplendor

y se sujeta siempre a rayas imperiosas,

caminos del aroma y del color.

Como del claro río el vuelo de libélulas,

está muy cerca el alma del rasgo y del perfil,

yo me haré Tú por franca vocación de mis células

que encontrarán en Ti el mejor redil.

Yo daré mis entrañas a tu reencarnación,

cual la fauna al esquema del celeste sobaco;

ser abajo carnero, toro, pez, escorpión,

arriba, luz de estrella, en el Zodiaco.

En ese revivir te sentirás amada,

lograrás lo que ahora no has podido tener,

impregnado el deseo, la pasión inundada,

sin ayuda de pena ni placer.

Gozarás para siempre la posesión bendita

en la maceración de la felicidad;

mi amor estará en ti, en la ruta infinita,

en la sonrisa de la eternidad.

¿Y qué será de mi alma si mi cuerpo se ofrece

a sustentar la gracia de tu resurrección?

Si me infundo en tu ser, que mi ruina merece,

¿querrás tú, en cambio, darme salvación?

Si niegas entregarme, no para mi lascivia,

no para mi deleite, sino para mi esencia,

tu regazo florido y tu cadera tibia,

tu desamor será mi penitencia.

Si el coral de tus labios, si el nácar de tu frente,

si tus manos de lirio, si tu talle de palma

no quieren ser fealdad de mi forma indigente,

si no quieren ser carne de mi alma,

Mi Yo se habrá perdido, se habrá descabalado

en el azar de un trueque, en una contingencia,

abolido del mundo, de la gloria borrado

por este ardor que extingue la existencia.

Y si no han de trabarse, enteros e inconsútiles,

tu carne olvidadiza y mi alma desdichada

frente a la eterna vida se perderán inútiles,

en la sombra melliza de la nada.

LAUS DEO

I. CELAJES, PAVESAS, ESPUMAS

MI AMANTE, LA NUBE

No, señor. A esos dos hombres que usted no calla

nunca debe alcanzar la sospecha procaz;

no es mi amante la moza del perfil de medalla

ni la niña que tiene los ojitos de agraz.

Más alto está mi amada. Mi amante es una nube

de esas que bogan plácidas, gigantescas y orondas

por el cielo de añil, donde ágil, baja y sube

sin pesarle las carnes, enormes y redondas.

De noche alguna estrella se prende a su cachaza;

tiene auroras de nácar, tristezas de ceniza;

es gruesa y se creería, por su opulenta traza,

que es infanta golosa, abadesa o nodriza.

Ya me han dicho las gentes: «¡Es mucha amante!». Cierto.

También es grande el mundo para vivir en él.

Mas como no he nacido para cuña de injerto

no me avengo al mantillo de este triste plantel.

Detesto las raíces, la constancia, el apego.

Me llevan al velero o a la yegua cuatralba

las sonrisas del mar, las pavesas del fuego,

los vilanos de otoño, los mosquitos del alba.

Por eso amo a mi nube. No os extrañéis que afronte

vuestro escarnio si afirmo: No hay placer como verla

cuando alegran el duro perfil del horizonte

su regazo de rosas y su espalda de perla.

¡Qué bien contemplo el mundo con mi pasión de altura!

Me halaga ver tan solo de mis contemporáneos

cómo ocultan la calva, la crencha o la tonsura

el común y perfecto vacío de los cráneos.

Diré a vuestros reparos que son impertinentes,

que no hay misantropía en mi alta veleidad;

por lo bajas que están las cosas y las gentes

cuando llueve, lloramos ella y yo, en la ciudad.

Mediamos de agua el sol del vergel y el trigal,

y al olivar de argento y a la joyante huerta

ungimos con los crismas del sol sacramental.

Por su alegría ausente y su hermosura muerta

enviamos nuestro pésame a las urbes cobardes

con el papel de luto de un vuelo de picazas

y la rubia limosna del oro de las tardes

a los enarenados panderos de las plazas.

Sabed, que cerca de ella, os protejo y escudo

de las raras tormentas de sus malos deseos;

de que no abrase el rayo el alcázar moñudo

ni chamusque las cúpulas, calados solideos.

Se sustraerá mi cuerpo a terrón, flor o brizna

el día en que la muerte nos separe a los dos,

pues mi viuda celeste, llorando su llovizna,

me subirá en sus brazos hasta el amor de Dios.

Mientras tanto, mi nube arrastra mi deseo

y mi alma por los cielos y yo hago gran desaire

a la sórdida tierra y al fácil devaneo

con la embriaguez sonora que da el azul del aire.

Hálitos de poleo, de lavándula y sándalo

nos envían los campos, al quitarles la luz,

mas sin sol, y humillada por nuestro amor de escándalo,

la ciudad se persigna con sus calles en cruz.

II. DAFNIS Y CLOE

- I -

La casa mala

Iban a una de esas...

Iban a una casa mala.

Rey de la vida era el mozo;

la niña, casi una santa.

Nunca les viera entrar nadie,

no les sorprendió mirada,

¿qué osado sospecharía

que por el balcón entraran?

Cuando de la casa huyen,

unas mariposas blancas

de oro tornan los balaustres

y florecen las persianas.

En los besos de sus citas

todo llevan en volandas.

Se alzan con vida los seres

que en toda cosa descansan:

libélulas de la colcha,

moscas de las porcelanas,

enjambres del arambel,

cigüeñas de las pantallas.

Zapatitos que eran élitros,

estuches de seda de alas,

¿qué veleta saltó un punto

a aquella media dorada?

Nieve y noche de los vuelos

¿qué primavera anunciabais,

golondrinas de charol

junto al friso de la cama?

- IV -

Luna de miel

Colmena del alma mía,

colmena de atardecer;

tu luna, que era de cera,

por la mañana es de miel.

Ópalos. Añil.

Nácar en rebaños.

Alba. Abril.

Azulea ya la alcoba

de incienso de madrugada.

En la pantalla de china

hay doce abejas, grabadas.

La luna, lunera,

volviose amarilla.

¡Ay, qué pena!...

Bruñe la luz de la lámpara

la caoba del lecho, rubia;

sueñan con el despertar

las dos cabecitas juntas.

Seis de la mañana,

peinado de nube,

viaje de alga.

Suena un rumor de colmena

o de aliento de ventura.

La abeja del corazón

saca su miel de la luna.

Despeina las nubes

otra vez, lunita,

rompe-azules.

Solo el vuelo de un suspiro

en el silencio en flor, liba.

No hay amor como el primero

ni sueño como la vida.

¿Va a dar el reloj

o es ruido de besos?

No. ¡Por Dios!

La luna da más dulzura

que el oro de las aliagas,

luna del amanecer

de miel y cera sin llamas.

Bólido

De amor se morían,

de pena y de ansia.

¡No se habían visto

en una semana!

La fuerza del mundo

sus labios guardaban,

deseo infinito

de noche estrellada.

¡Pálido mancebo,

celeste zagala,

dierais por besaros

la vida y el alma!

No fue un beso. Fue una

explosión tan rara

que despertó a toda

la urbe adormilada.

Su estruendo de música

tuvo eco de llamas.

¡No quedó un cristal

en una ventana!

¡Ay, cristalerías

gemelas del agua;

acequias de luces

que el paso vedabais!

Entraban los ángeles

en todas las casas,

con alas de aurora,

con veste de auras.

- IV -

La castidad

En mi jardín desnudo hay un mármol de invierno,

un bloque de abstracciones, de limpieza y de paz;

la escarcha de los astros ha hecho un glaciar eterno

que siente cómo fluye la centuria fugaz.

Esta alma ha presenciado brotar del curvo y tierno

vientre de las edades la cosecha feraz

que en las cunas geológicas ha derramado el cuerno

de toda la abundancia de que el mundo es capaz.

Esta carne de piedra, esta estatua viviente

ama los camafeos y los acantilados,

hermanos de conciencia primitiva y durmiente

que carecen de sexo y viven adecuados

a la ruina del globo que va, desfalleciente,

a dejarnos a todos como cuarzos tallados.

IV. FILIS

- III -

La doncella raptada

Va a la grupa la doncella

sobre un corcel de oro y plata,

entre el alhelí y el plomo

del cielo y el campo en calma.

Va a la grupa la doncella

aunque ella sola cabalga.

Su rubia llama de pelo

ha de encender la borrasca

cuando se desasosiegue

la tarde en paz, gris y cárdena.

Aleteos del abril

asustan a la hoja plácida

y afilan sus acicates

en la hora desenfrenada

para hundirlos en la prisa

de las nubosas ijadas.

Por los llanos va el corcel,

con luces de oro y de plata,

y, en la grupa, la doncella

que en las tormentas se escapa.

El campo la ve correr

con su miopía entornada.

Un amor de río gentil

se criba entre las pestañas

de los chopos espigados,

y el verde mirar del agua

no sabe descifrar quién

es el raptor que la rapta.

Nadie se ve en la montura.

La niña va arrebatada.

Alhelíes de centellas

de olientes tormentas cárdenas

no aclararán la visión

de la llanura obcecada.

La tarde es perla siniestra;

el corcel es de oro y plata.

Como un eco del galope

se oye un trote de tronada.

No hará visible al galán

la encendida catarata.

Va a la grupa la doncella

aunque ella sola cabalga.

VII. MITOS CAMPESINOS

VILANOS

Estrellas del último

cielo de verano,

vilanitos tenues

vilanitos claros.

Por el campo verde

de oro recamado,

¿adónde vais ágiles

sutiles y rápidos?

Tarde de septiembre

que dora los álamos,

y lleva estorninos

al viñedo, grávido

de sombra y dulzura,

de sabrosos grajos...

(Contra la bandada

vuelan los vilanos.)

¿Dónde vais, pequeños,

pueriles y pálidos,

pajes del invierno,

farolillos blancos?

¡Ay, ciencia del mundo!

¡Códice miniado

de las verdes huertas

de frutos lozanos!

(Las capitulares

vanse dibujando,

al volver las norias

los ciegos caballos.)

En la tarde azul

de cercos dorados,

¿por qué vais de prisa,

pequeños vilanos?

¿Queréis daros cuenta

o saber de algo

del pobre universo,

y vais hacia el santo

colegio celeste

a clase de párvulos?

JARDÍN DE CONVENTO

En el jardín del convento

las flores mueren tempranas;

viven tan solo el momento

en que doblan las campanas.

Los mástiles de las naves

que vencieron el confín,

abiertas jaulas de aves

en la quietud del jardín

ven el ansia retorcida

del pálido surtidor,

que es antorcha arrepentida

de su primitivo ardor.

VIII. DECHADOS

- I -

LAS NARANJAS DEL DOMINGO

Este cielo de fiesta tiene una

sinceridad tan alta,

que el subido temblor de su azul crece

con la insistencia y el fervor de un alma.

El cobre de los campos,

el oro de las casas,

se han molido en pirámides ingenuas

en los ínfimos puestos de naranjas.

Y los sueños con vida,

cascabeles de infancia,

junto a esta fuente de alegría corren

con burbujas de alarma.

No seas tan azul, azul del cielo;

para tu sed tan clara

la vendedora de globitos tiene

racimos de uvas verdes y moradas.

Y tú, niño del aro,

mejillas de manzana

-vilanito de luz y amor de madre-,

no mires las carracas

de palo fresco y virgen

cubierto con estampas

-diminutas esquirlas de la gloriay

espejitos de gracia.

No anheles la pelota de cartón,

tosca y abigarrada,

en que unos meridianos de arco iris

juntan husos y franjas

con ecuador de seda

y trópicos de plata.

No quieras altramuces ni torrados,

que tu abuelita pálida,

te comprará esta tarde,

para juego y merienda, una naranja.

Quítala, rica espléndida,

de la humilde arpillera desgarrada.

Te enseñará su redondez jugosa,

al verla y al rodarla,

la pueril geografía del colegio

mejor que cualquier mapa,

y sabrás que este mundo,

donde la flor de tu promesa canta,

es manjar y juguete como una

mandarina en los polos achatada.

Te adiestrarás con ella

a desnudar las cosas de su cáscara,

y a sacar granos de oro

del misterio y pasión de sus entrañas.

Y cuando corras mucho, y quede seca

de anhelos tu garganta,

como en este domingo de tu aurora

se escindirán en gajos tus mañanas,

y probarás los zumos de la vida

a un tiempo dulce y agria.

El cielo azul y la amarilla tierra,

en su mutua promesa enamorada,

se han tomado los dichos a la luz

de su coloración complementaria.

La tarde desfallece

en el propio reflejo de sus ansias,

y los cuerpos se encorvan

y las sombras se alargan.

La campiña, ahora pulpa, casi carne,

pues en su vasto cuerpo hay como un ánima,

dibuja la sonrisa placentera

de la fruta empezada.

Huele a azahar la tierra que es feliz

tras sus mejillas áureas,

y como nunca queda

sino en un hemisferio iluminada,

el cielo bonachón la mira como

a su media naranja.

- V -

GRANADA

Granada de cuentas rojas

e inconfesables hechizos,

rosario de olvidadizos,

corazón que la luz mojas;

deja las riendas más flojas

al bocado del volcán

que galopa al lubricán,

no salten ya de sus músculos

mil simientes de crepúsculos

que todo enrojecerán.

- XII -

LIRIOS BLANCOS

Maestros de los surtidores

y los párvulos luceros;

en los blancos valederos,

orates divagadores

de orugas de oro y ardores

de albura pronta a volar.

-Abril, échate a buscar

guedejas de las novicias,

brazadas, hebras, delicias,

y ¡ay! lirios locos de atar.

- XII -

IX. MUERTE

LOS SAUCES PENSATIVOS

Los sauces: catedrales góticas

con agujas de clorofila;

catedrales blandas, sin ira,

prosternadas en una misa.

El espíritu erótico alterna

con el espíritu erudito.

Tras el jardín reverdecido,

la celulosa de los libros...

Es Primavera orfebrería.

Un deleite cada noción,

y bajo guarismos en flor,

cada diástole, una oración.

Idilios de las bibliotecas.

Sabiduría del jardín

que no se puede discernir

como el problema en el atril.

Cada frívolo epitalamio

de la doliente clorofila

a la celulosa adjudica

en testamento una sortija.

Y se desmayan los agónicos

crepúsculos de las glicinas

en violáceas estalactitas.

Huelen a nupcias las fotinias.

En la penumbra suena el figle.

Los murciélagos calcan giros.

Perdura el cuerpo en nardos vivos

y la psique en paralogismos.